박구경

1956년 경남 산청에서 태어났다. 10·26 당시 경남일보 기자로 근무하던 중 해직되었다. 1998년 행정안전부 공모 제1회 전국 공무원문예 대전에 詩「진료소가 있는 풍경」이 당선되어 〈행안부장관상〉을 받으면서 작품 활동을 시작했다. 시집으로『진료소가 있는 풍경』,『기차가 들어왔으면 좋겠다』,『국수를 닮은 이야기』,『외딴 저 집은 둥글다』등이 있다. 한국작가회의 이사, 경남작가회의 회장 엮임, '얼토' 동인으로 활동 중이다. 〈고산 윤선도문학대상〉〈경남작가상〉〈토지문학 하동문학상〉을 수상 했고, 〈2019년 아르코문학창작기금〉 수혜했다.

실천문학 시집

형평사를 그리다

2021년 11월 30일 1판 1쇄 인쇄
2021년 11월 30일 1판 1쇄 펴냄

지은이   박구경
펴낸이   윤한룡
편집   신한선
디자인   윤려하
관리·영업   이소연

펴낸곳   (주)실천문학
등록   10-1221호(1995.10.26)
주소   남양주시 퇴계원읍 퇴계원로 52 405호
전화   02-322-2161~3
팩스   02-322-2166
홈페이지   www.silcheon.com

ISBN 978-89-392-3093-4 03810

이 도서는 2019년도 한국문화예술위원회
아르코문학창작기금지원사업에 선정되어 발간되었습니다.

형평사를

박구경
시집

그리다

실천문학사

제1부

제2부

제3부

제4부

제1부

형평사·1
— 서시

1923년 4월 25일 경상 땅 진주에서 인간의 존엄과 평등을 천명한 최초의 형평운동이 일어났더라 이는 형평사를 중심으로 기층 천민들의 계급과 지위 향상을 위하여 전개한 신분 해방 운동의 효시에 다름 아니었더라

1
강상호
신현수
천석구

양반 출신 지식인들과

백정 출신 지식인 장지필

재력가 이학찬

진주 중앙시장 정육점 상인들

진주 백정 350여 명이

한날한시 한자리에 모여
한마음으로 봉기한 사건이자 혁명이었더라

내 나라 사람이 괄시하니
식민 시대의 일본 놈들까지 모든 행정에서 차별을 자행
하고

민적 앞에 붉은 점을 찍거나
도한屠漢으로 기재하였더라

해방 이후에도 여전히
입학 원서나 기관의 제출 서류마저
천시와 차별이 끊이지 않고 이어지니

마침내 그에 대한 의분들을 천지 만물과

만천하에 발고되는
새날의 아침이 도래하고야 말았더라

쌍말과 쌍욕이 된 백정 놈의 칭호를 일소하고
참다운 인간의 지위를 돌려받고자

대나무밭의 죽순들처럼
오롯이 솟구쳐 오르기에 이르렀더라

진주 형평사의 참된 의의는
신분에 따른 적폐를 향하여 쏘아 올린

이 나라 최초의 인권 해방 운동의
시발이자 출발이었더라

세세생생 기록되어 남아있게 될
인권 역사의

장엄한 한 페이지가 되고 말았더라

2
길가의 벚꽃 잎들이
난분분 땅으로 내리는
무르익은 봄날이었다

진주 대안동 청년 회관에서 창립 대회가 막을 올렸다
전국 사회단체와 양식 있는 지성들로부터
축하의 화환들과 격려 전보들이 답지하였고
각지 백정 대표 80명이 합류하였더라

형衡
수평의 저울대처럼
평平
평등하고 공평한
사社

사회를 지향하는

형평사衡平社의 고고성이 널리 널리
울려 퍼져 오르고야 말았더라

그 발상지인 진주에
조선 형평사 본부를 두고
대표에는 강상호가 선임되었다

장지필은 위원장에 추대되었고
마침내 진주 형평사는 위원장과 사장의 이원 조직으로
운영의 기틀이 마련되었더라

선봉에 나선 장지필이 대외적인 실무를
거행하기로 정하여졌다

발기총회에서 결정된 주요 사칙은

진주 본사를 중심으로
각 도에 지사를 설립하고
그 아래 각 군을 태동시키기로 합의하였다

혁명의 바람은 들불처럼 타올라

마침내 1924년 2월
전국의 지사·분사 대표들의 회합에는
그 임원들의 숫자만 해도
300명이 넘어서게 되었더라

그렇게 12개 지사와 67개 분사를 설립하고
전국 50만 백정의 신분 차별 철폐를
천하에 천명하기에 이르렀다

한편으로 형평사 본부에서는
사원들의 친목과 품행에 따른

주지主旨와 규칙을 서류로 남기고 발표하였다

"사회의 동정으로 형평사가 창립된 것은 감사의 말씀을
다 할 수가 없습니다. 우리의 운동은 애걸이요 호소이지 반
항은 결코 아닙니다. 우리의 목적은 해방되어 평등 대우만
받게 되면 그만이외다. (하략)"

이는 선구자 장지필의 위원장 수락 자리의 입장문의 일부
분이다

그 속내가 애틋할뿐더러 조심스러움 또한
애틋하기 그지없어 보인다

3
전라도 이리의 백정들은
동인회를 조직하고
시가행진을 하며 격문을 거리에 흩뿌렸다

"열광하라 백정들아!

용감하라 백정들아!

우리는 다 같은 사람으로서
불합리한 제도에
오랫동안 희생이 되어 왔다
원통하고 억울하지 않은가

천대와 멸시로 학대받은 우리가
호소할 곳이 없어
아비와 아들이 서로 붙들고 울고
어미와 딸이 서로 부둥켜안고 얼마나 울었던가

생각해 보라 우리의 피눈물을
골수 골수에 맺힌 설움을 씻고

한 많은 우리 선조들의
외로운 넋을 풀어드리고
우리,
자녀들의 새 세상을 위해

궐기하라! 분기하라!
그리고 행동하라!"

4
1924년 천안에서
오성찬 등이 주동하여
형평사 혁신회 발기회를 가졌더라

백정의 권익을 넘어
민족해방 투쟁을 도모하고자
자금 확보를 위해 피혁 공장을 설립하여

경제력 확대를 꾀한 혁신파들은
잡지를 간행하여 사회의 동조를 얻고

회원의 자각을 일깨우고
철천지한이던 학교를 설립하여
백정 자녀의 교육 문제를 해결하기 시작하였더라

한 걸음 더 나아가
민족해방운동으로 발전한 형평운동!

이때의 장지필은 혁신파였고
진주의 강상호, 신현수 등은
초기 노선을 고수한
온건 보수파로 나뉘기도 하였더라

형평사 본부가 있던 진주에서
그에 따른 탄압이 시작되었다

진주 농민 2천여 명은
형평사 해지를 결의하고
40명의 결사대를 조직하여

불매운동을 벌이고
형평사를 습격하였다

북과 장구 꽹과리를 두들기며 시가행진이 벌어졌고
"신백정 강상호는 돈에 팔려 백정이 되었다"
깃발을 흔들며 소란과 난동이 이어졌다

반대 운동은 전국으로 퍼져 나가서
학교에서는
입학한 백정 자녀를 퇴학시켰고

몽둥이로 무장한 반대 세력들이
닥치는 대로 백정들을 두들겨 패거나

상점이나 식당에 들어온
백정을 몰아내고
유곽이거나 편의 시설에서도
이들의 출입을 제한하기에 이르렀다

5
1925년 8월 9일 경상 땅 예천에서
형평사 예천 분사 창립 2주년
기념식이 열리는 날이었더라

이날을 기해
반대 세력들이 식장에 난입하였다

오백여 명의 농민 주축 난입자들은 닥치는 대로
형평사 사원들을 구타하고
기물을 파손하였으며

중앙에서 온 장지필, 이이소 등을
집중적으로 폭행하였다

장지필 등은 곧바로 병원으로 이송되었고
이이소는 기둥에 묶여 두들겨 맞기에 이르고 말았다

농민패들은 형평사 사원들에게
다시 백정이 되겠다는
항복 문서까지 받아냈음에도

나중에는
이들의 집을 부수고
목숨까지 위협을 가하여
가족들이 몸을 피해

산과 들로 도망쳐
노숙을 하게 되는

참상이 벌어지고야 말았다

장지필은 온갖 수모를 당하며
목숨이 경각에 달리는 지경을 맞기도 했지만 그는
거기에 굴하지 않고 자신의 소임을 다하고 있었다

이반離反인들의 묵은 양반 의식을 타파하기 위하여
동분서주하였다

예천 사건이 터지고 나자
전국의 형평사 사원들은 물론이고
양식 있는 사회단체에서
목소리가 터져 나오기 시작하였다

물심양면의 지원들이 이들에게 용기를 주었고
사원들의 단결 의식 또한
높아져 가기 시작하였다

진주와 각 분사 간의 연합전선이 모색되어가자
강상호와 장지필은 다시
맹약의 손을 굳게 잡아 올렸다

형평사·2
—진주, 진주 사람들 1

백성도 백정도
한 민족의 후손이거니와 일원인데

더욱이 갑오개혁으로
신분제가 폐지되고
반상의 논리가 빛을 잃어가기 시작하였는데

유독 백정에 대한 멸시와 천대는
질기게 남아 이어지고 있었더라

이에 백정들이 다투어 나서
사재를 털고
선각 청년들이
개화된 양반들의 손을 빌고

저울衡처럼
공평平한

사社를 이르는

형평사의
인권운동이 태동 되고 말았더니라

전국 최초로 이 일을 주도해 나갔던
사람들이
바로 경상 땅 진주였으며,
다름 아닌 진주의 사람들이었더라

인권 역사의 쾌거였으며
혁명의 붉은 불길이었더라

불꽃은 순식간에 타올라
방방곡곡으로 번져나가는 융단 폭격이 되었더라

사람 위에 사람 없고

사람 아래 사람 없는

공평은 사회 근본이요
삶의 본색이라고 외쳤더니라

아, 사람의 형상을 갖고
사람으로 태어난
사람의 아들들이

사람답게 살 수 있는 기회를 달라고
무릎을 꿇고 엎드려
하늘과 땅에 고하였더라

진주의 하늘과 진주의 대지 위에서
천명하였더라

마침내 그리하였더라

형평사·3
―진주, 진주 사람들 2

진주에서 시작하여 제주 전라 충청
급기야 칠십여 지방에서 농민 봉기가 일어났다

조정은 백성들의 고혈로
주지육림에 둘러싸여 있을 때

농민과 민중들은
목숨이 경각에 달려 있었거늘

심지어 죽은 이들에게까지
백골징포를 일삼았으니
인내의 한계가 극에 이르고 말았다

사리사욕에 눈이 멀었던
향리와 아전들의 횡포를
상소도 해보았지만

조정과 관청은 묵묵부답은 물론이거니와
탄압의 강도만
드세어져 갈 뿐이었다

의분이 하늘을 찌르게 치솟아 오르고
마침내 격문이 내걸리게 되었다

농민과 백성들은
머리에 흰 수건을 동여매고
괭이와 낫을 들고
진주성 앞으로 몰려가고 말았다

진주농민봉기 즉,
진주민란이었다

그때도
그 거대한 애민과 보국의 정신은

진주를 출발하여 전국으로 퍼져 나갔다

그 오랜 세월의 뒤에
애민 애족의 기치를 드높게 올린

형평사의 운동 역시
진주의 정신이었다

남강
푸른 물결의 사랑이었다

형평사·4
―백정도 사람이다 1

무엇이 부끄러우랴

아비의 아비들은 말 타고 활을 쏘던
용맹한 전사였더니라

양민의 白에 병정 丁이 합쳐져
백정인 것이었더라

왕가들 후손도 아니고
정승 판서 자제도 아니었어도

우리들은 하늘의 아들이었고
대지의 딸들로 태어난

백정은 본디
사람의 자손임에 틀림 없었더라

고조선의 초원을 달리던
조의선인의 씨앗들이었고

노래와 춤으로 하늘을 경외하는
팔관회 대동 한마당에 늘어선

선량 선비들의 마음 같았고
예인의 핏줄이었더라

여진, 거란, 몽골, 발해, 만주 벌판을 달리던
자유로운 영혼의 유목민들이었더라

고조선의 대륙과 정신이 사라지고
천손의 맥이 끊어지고
더 이상 우리가 우리가 아닌 세월 속에서

하늘의 자손이었던 천민天民이

어느 사이 비천한 천민賤民이 되어
천대와 멸시의 나락에 빠지게 되고 말았더라

하지만 우리는
천손의 기능과
재주를 이어 왔더라

북방의 수렵 이민족이라며
붉은 낙인을 찍었어도

북방의 핏줄이라면
누구나 산과 들에 나가
활 쏘고 말달리며 사냥하는

마침내
잡은 고기는 우리가
우리의 손으로 공평하게 분배해온

우리는 백정이었더라

우리는 우리들끼리 모이고
어울려 살아 내려온
백정의 살림살이이었더라

백정은 기필코
사람의 자손만대 이어져 내려갈
강물과 계절과 바람의 씨앗들이었더라

형평사·5
—백정 각시 타기

차마 입에 올리기도 민망한
비인간의 놀이가 한때 전해져 왔더라

백정의 여자나 딸의 저고리에
별반의 표식을 해놓고선

세도나 재력 있는 양반의 끄나풀들은
언제 어디서나 그들을 끌어다가

재갈을 물리고
옷을 벗기고는
바닥에 엎드리게 하여
소나 말 인양 올라타서는

흥이 오르면 목에 새끼줄을 걸어
소몰이 말몰이 희롱을 부리다가

강간이나 노리개 취급을 일삼았더라

나중에는
고기 근斤이라도 내어 바쳐야만
그나마 방면해 주었던

이것이 바로 백정 각시놀음의
참상이고 말았더라

백정 각시놀음 뒤에
임신이라도 되는 날엔

제 목숨 스스로 끊는 비련의 여자들도
비일비재하였더라

아, 백정은 사람이 아니었더라

어린 딸이 눈앞에서 짐승의 재갈이 물려져
능욕을 당하는 목불인견 앞에서도
 그들에겐 아무런 처방도 방도도 없는
야만의 시간과 세월이 흘러가고 말았더라

터무니없이 미워하고 천시하는 만행은
어디서 기인한 풍습이었더냐

조선 시대부터 일제 초까지도 이어져 왔던
백정 각시타기 놀음이 또한,

형평사의 이름으로 지워 없애야만 할
야만의 역사가 아니었더냐

그 시작이 아니었더냐

형평사·6
— 진주, 진주 사람들 3

"백정들의 생활을 개선시키지 않고 한 인간으로 사는 것
이 위선이며 식민지 상황에서 조선인들끼리 차별하고 탄압
하는 것은 결국 일본의 식민 통치를 돕는 어리석은 일이다
인간은 저울처럼 평등하다"

 이 말은 진주 사람 백촌 강상호의 외침이다

 임술년 진주민란이나
 갑오농민전쟁의 계보를 이어받은
 진주 청년 지식인들은

 새롭게 열린 자본사회 속에서
 생업에 열중하는 선량한 백정들을
 무심코 두고 볼 수만은 없었다

 형평사 운동의
 큰 물줄기였던 백촌 강상호는

나라가 망할 무렵에
스무 살의 청년이었다

그는 훗날
국채보상운동을 주도한 이력이 있었고
기미년 3·1운동에도 앞장섰으며

다양한 사회 운동의 경력으로
1년 6개월의 옥살이를 하기도 했다

진주 사람,
강상호!

가난한 마을 농부들의
세금을 대납하여 주었던
진주 천석꾼의 장자였던 사람이었다

백정의 자식을 두 명이나
양자로 들여
아이의 손을 잡고 학교에 갔더라

백정의 자식이라
취학이 허락되지 않자
그 부당함에 치를 떨게 되었더라

이 아이들을 입학시켜주시오
품 안에서 호적 서류를 꺼내 보이며
아이들이 자신의 양자들임을 밝혀야 했다

명실상부한 양반 가문의 장손이
오래된 편견과 차별 앞에
두 눈을 부릅뜨게 되었더라

백정 놈들의 단체인 형평사 사장이 되어

스스로 백정의 길로 들어선 이가 있었으니
그가 바로
진주 사람, 강상호였더라!

형평사 발족은
진보 사회단체와
일부 여론의 호의를 입기도 하였으나
한쪽에서는 반발이 일어나고

1923년 5월 24일에는
수백 명의 진주 농민들이
형평사 해산을 요구하고 나섰다

나중에는
정육점 고기의 불매 불식 운동이 벌어졌는데

그해 8월에 이르자

1만여 명의 농민들이
형평사 폐지를 위해 거리로 몰려나왔다

그들은
형평사를 지지한 청년회와 교육회 등의
건물을 파괴하고
인명을 향한 무차별한 폭력을 자행하고 말았다

어느 날은
탁윤환이란 자가 형평사 근처에서
백정 놈들 운운하며 시비를 불러일으키고 있었다

형평사 사람들과 한바탕
드잡이가 벌어졌는데

나중에 탁윤환이는
제 패거리를 몰고 와

형평사 사장 강상호의 뺨을 때리고
옷을 찢어발기는 폭력을 자행하였다

경찰서의 경관들이 출동하여 이 사태를
간신히 진압하기에 이르기도 하였다

이후에도 그들은
형평사에 동조하는 사람들을
모두 다
백정으로 치부하겠노라 선언하고

강상호, 신현수, 천석구 등의 이름이 적힌
신백정의 깃발을 들고
곳곳에서 시위하였으며

그들의 집까지 떼로 몰려가
갖은 행패를 부리기 시작하였다

"사람은 모두 똑같은 사람이다
백정도 사람이고 양반도 사람이다
인간은 저울처럼 평등하다"

그러나 강상호는 이에 굴하지 않고
스스로 '신백정'의 길을 걸어 나갔다

한편으로
경찰들 역시 형평사의 세력을
적대시하는 것은 물론

식민 통치에 방해되는
불온한 사회운동이라고
방관과 경멸의 자세를 취하는 모습이었다

양반가들은 물론
문중의 외면과 따돌림들이

강상호의 슬픔과 외로움이었다

황소가 굴러도 꺼지지 않는다던
집안의 재력도

그가 추구했던 평등의 신념 앞에서
촛불처럼 사위어 가고 말았는데

해방 후 북한군 점령기에
억지로 덮어쓴 좌익 감투가

다시 또,
그를 찍어 누르는 족쇄가 되고 말았다

그가 일찌감치 좌익들과 척을 대고 지내왔지만
남은 재산까지 반공 세력들에게 빼앗기고 나니

말년의 현실 앞에서는
자식들 교육에도 허덕이고
땟거리까지 마땅치 않은
극심한 가난에 시달리다가

1957년 쓸쓸한 모습으로 세상을 떠나갔다

진주 사람 강상호는 의인이었다

그가 얼마나 소중한 사람이었는지를

그가 얼마나 아름다운 사람이었는지를

뒤늦게 알게 된 사람들이
전국에서 모여들어

50만의 인간 띠를 이루었으니

그들이 바로
이 나라의 백정들과
신백정의 무리들이었다

양반의 신분을 팽개치고
전 재산을 희사해 가면서

취학의 개방과 인권 해방 계급 타파를 위하여
선봉에 섰던

그의 장례식은
그렇게 전국 축산기업 조합장葬으로
9일장으로 치러졌다

진주 시내에서 장지까지 이어진
사람들의 행렬이

남강 오백 리 물길과도 같았더라

형평사·7
— 봉래 교회

상투를 틀지 못했어도
비녀를 꽂지 못했어도
비단옷을 지어 입지 못하였어도
생애 단 한 번 있는 혼례식에
조랑말과 꽃가마를 타지 못했어도

백정들 이름의 글자에
인의예지仁義禮智를 쓰지 못하였어도

경상도 하고도 중심축인 의향 진주에
최초로 봉래 교회가 생겨났더라

그러나 일반 신자들은

"백정 놈은 인간이 아니니 교회에서 내보내라"

그들은 어쩔 수 없이 따로 모여서 예배를 보았더라

1909년 부임한 리알 선교사는

이는 분명히 기독교 정신에 위배 된다고
하느님 앞에서는 모두가 한 형제라고
예수님도 이런 경우는 결코, 원하지 않는다고
예수님 앞에서는 함께해야 한다고
주장하고 나섰더라

하지만 예배당에 모인 4백여 교인들은
절반도 넘게 자리를 박차고 일어서서

"백정들하고는 결코 천국에 같이 갈 수 없다"

그렇게 49일간의 분쟁이 일어나고 말았더라

사람들 마음에 새겨진 습관의 벽이란
쉽게 무너지는 게 아니어서

진주 남강 뒤벼리 암벽 같고
진주 남강 왕대 같은 고집으로
백정들을 한사코 거부하였더라

하지만 진주의 봉래 교회에는
형평사의 평등 정신이
서서히 그 뿌리를 내리기 시작하였던
역사의 교회였더라

그 이름 찬연한 봉래 교회였더라

형평사·8
— 기생 산홍이

춤 잘 추고 노래 잘하고
의술에 바느질까지 잘하던 관비들

조선은 그 기능을 천하게 여겼더라

사대부 노리개나 첩실로 들이거나
천한 창기로 만들었더라

을사조약 때
나라를 팔아 호의호식한 매국노 이지용에게

당당히 맞서서 꾸짖은
기개 높은 진주 기생 산홍이

나는 새도 떨어뜨린다는
세도가 이지용이

천금의 유혹으로 첩 돼 달라 했다는데
일언지하 거절하기를,

세상이 대감을 오적의 우두머리라는데

내 비록 천한 기생이긴 하나
어찌 역적의 첩이 되겠나이까

면박을 준 산홍이도
진주 사람이었더라

적장을 안고 남강에 몸을 날린 논개는
천고에 꽃다운 이름을 남겼건만

세상에 태어나
의로운 일 없음을 한탄했으니

나라 판 도적의 청을 거절하고
스스로 생을 마감했더라

그리하여 경상 땅 한복판의 진주는
의인의 맥을 이어온
지조의 고을이었더라

마침내 한 걸음 더 앞으로 나아가서
백정도 사람의 나라에서 반드시 해방시켜

평등의 세상을 이루어야 한다는
형평사의 본원이고 말았더라

'사람 사는 세상'

진주였더라!

형평사·9
—비봉산

인재의 절반은 영남에 있고
그 절반이 진주에 있다고
전하여져 왔더란다

풍수의 시조라는 무학대사가
대봉산 봉암 바위를 깨부수고
연못을 파 가마 못이라 일렀다더라

끓는 가마란 말이었더라

진주의 의기가 너무 드세어서
왕실을 위해 행한 일이었더라는
전설이기는 하였더라

알을 품은 봉황이 날아 가버렸다고
큰大자를 떼고 날비飛를 써서
비봉산이 되었다더라

대봉산이 비봉산이 되었건 말건

삼천여 병력으로 삼만 왜군을 물리친
진주대첩을 이끈
김시민 장군의 용맹

그의 그늘 아래로
아녀자 아이들까지 몰려나와 돌을 나르며

진주성을 지켜낸
진주의 사람들이었더라

백정이라도
품에 안아 사람의 마을로 돌아가자던

형평사의 이념은
그 무엇으로도 깨부술 수 없었던

그 산의 정기였더라

옛 대봉의 정상에서 세상 속으로 날아간
봉황의 날갯짓이었더라

이 땅, 진주의 넋이었더라

제2부

진료소가 있는 풍경·1
— 오는 봄

얼음에 춤추는 바람도 차가운 아지랑이로 티끌 하나 남아
있지 않더이다

움푹 파인 절집 절구 속 난분분하여 꽃 꽃잎 잎 잎 휘돌아
나가기도 하더이다

진료소가 있는 풍경·2
― 3월에 내리는 비

건너 마을이 빈 들 위에서 종일 젖고 있었다 산들은 고요
했다 차마 눈물이 되지 못한 비는 흙 속으로 스며들고 노총
각 식이가 우당탕탕, 경운기를 몰아오고 어깨가 조금 젖었
다 비는 창틀에 약간의 얼룽이를 남기고 지나갔다

진료소가 있는 풍경·3
— 中伏에

개들을 기르는 농장에 우연히 들렀다가 가지에 잔뜩 매어 달린 붉고도 탐스런 복숭아들을 봅니다

그것을 바라보던 나는 개들을 가둬 놓은 철망을 쳐다봅니다 평상에 둘러앉아 질긴 육고기를 즐기던 날이었습니다

사무실에 돌아갈 때 왠지 한 바구니의 복숭아를 사 가야 겠다는 생각이 들었습니다 내 목덜미에도 땀방울이 주렁주 렁 매달렸습니다

진료소가 있는 풍경·4
—말벌의 겨울 집

바람은
벌이 깃든 집

여름내 무섭도록 왕성했던 날개와 침을 거두고
동안거에 든

뜨거운 불이 깃든 집

사철나무 덤불 속에서 여름내 보금자리를 틀어
새끼를 치던

벌은
바람이 깃든 집

마을 회관으로 이어진 눈길 위에는
드문 발자국

진료소가 있는 풍경·5
― 그 사이

멀리 야트막한 산 앞으로 들판이 펼쳐져 있습니다
그 가운데를 조금 비켜선 곳에 길이 나 있습니다
트럭이 한 대 지나가고
먼지가 가라앉은 다음에
한 사람이 걸어가는 모습이 보입니다
다른 곳에 잠시 눈을 팔았던 사이
천천히 걸어가던 그 사람이
어느새 사라지고 텅 빈 길만이 남아 있습니다
하얀 그 길 위 까마귀 한 마리 느릿느릿 나릅니다

그 사이가 보입니다

진료소가 있는 풍경·6
— 노루 밭

언덕바지엔 따뜻한 무덤이 있고

전쟁 소식 눌러 부술 듯

아이들이 공을 찬다

폐교된 학교의 운동장에서

까만 씨앗들처럼 마구마구

발자국들을 뿌려 대고 있는 중이다

진료소가 있는 풍경·7

— 사동초등학교

장롱을 정리하다 예전에 폐교된 사동초등학교 가을 운동
회를 알리는 붉은 타올 한 장이 눈에 띄었습니다

西紀 1996년 9월 20일

철봉대에 매달려 두 팔로 끌어내린 그날의 파란 하늘이
생각났습니다

진료소가 있는 풍경·8
― 개구리 울음소리

무논 위에 개구리 울음이 떠 있습니다

구애에 눈이 멀어

모든 걸 잊었는가 봅니다

도무지 알 수가 없는가 봅니다

사람들의 사랑도 그런가 싶습니다

진료소가 있는 풍경·9
— 유월의 자전거

초록 속 자전거 살 사르륵거리는 소리는
붉은 슬리퍼에
하얀 발목을 따라 새뜻하다

머리카락은 바람처럼 날리니 벼 포기를 휩쓸 듯
저장 창고까지 다녀오거나
상엿집까지 갔다 다시
폐교 운동장을 오래 돌아
노인들의 정자나무 앞을 지날 때면
돌쩌귀에 잡힌 어느 신랑의 옷자락처럼*
매콤한 그 무엇을 풍기기도 하여
자전거 살에 끼인 치맛단은
무명의 그 향 빼어내지 못하고

유월의 자전거 살 사르륵거리는 소리로

* 서정주의 〈신부〉에서 가져다 씀.

탱자 울에도 다리 난간에도 스치어

초록 속으로만 초록 속으로만 사라진다

진료소가 있는 풍경·10
— 나들이 삼아

보건소로 유방암 무료 검진을 간다

겁은 나는지, 논밭에 대고 떠들며 간다

통일전망대 갈 때 입었던 옷들을 똑같이 입고

점순댁 영산댁 한골댁 호순이 엄마 상구 고모

산모롱이를 돌아가는 매끈한 웃음소리

이 마을에 피어나는 쑥부쟁이 들이다

진료소가 있는 풍경·11
— 마루

두 가닥으로 둘둘 감긴 검은 전깃줄이 저수지를 가로질러
솔숲 너머로 사라졌다

밭에서 돌아온 노부부의 말 주고받기가 투박하다

부엌의 뭇국 끓는 냄새가
어둠을 들쑤시더니 이내 숟가락을 달그락거렸다

전깃줄을 타고 온 빗물이 어둠 속에서 숨었다가 나타났다

진료소가 있는 풍경·12
― 저녁의 풍경

겨우겨우 힘겹게 지나는 읍내 버스가
감 망태를 짊어진 노파만 내려놓고
얼른 문을 닫는다

마을의 불빛 속으로 들어서는 발걸음이
겨우겨우

제3부

'열 살 막내가 보고 싶다'

1975년 4월 9일

유신독재에 저항하여 국민들이 일어섰다
소용돌이치며 일어나는 물줄기 속으로
대규모 간첩단으로 조작하여 그중
8인에게 사형이 집행되던 날!

인혁당사건이었다

유신으로 영구 집권제의 발판을 만들었다
역사적 원죄세력!
역사적 적폐세력!

재판을 하지도 않았는데
사형장의 청소는 미리 시작되고 있었다고

가족이 면회를 요청했으나 이미 그들은

형장의 이슬로 사라진 뒤였다고

18시간 만인 새벽 4시!
헌정사 초유의 일은 마감되어 있었다

얼마나 무서웠을까
얼마나 얼마나 떨어 대었을까

1인. '열 살 막내가 보고 싶다'
2인. '뜻을 이루지 못하고 젊은 날에 죽는 것이 억울하다'
3인. '가장으로 할 일을 못하고 죽는 것이 부끄럽다'
4인. '가족을 돌보지 못해 죄송하다'
5인. '내가 생각하는 것을 다 하지 못하고 죽는 것이 아쉽다'
6인. '가족 얼굴 한번 보고 싶다'
7인. '하고 싶은 말이 없다'
8인. '조국이 하루빨리 통일이 되었으면 좋겠다'

울음 한 번 울어 볼 시간도 주지 않은 채
유골도 돌려주지 않고 화장하여
백골을 만들었다

해마다 다시 오는 4월의 꽃들은
우리들 가슴에 남아 있는
그날의 꽃이 아니다

8인은 아직도 떠나지 않은 채
우리들 곁을 서성이고 있다

슬픈 생일

1980년 5월 18일 저녁 11시 11분

5·18 광주 민주화 운동이 일어나던 바로 그날
전남 도청 앞 한 산부인과에서 태어난 김소영,

아버지 김재평씨는 5월 18일 저녁 11시 11분
기다리던 딸이 태어났다는 전화를 받고
기쁨에 들떠 광주로 달려갔다

딸아이의 얼굴을 보는 것이 전부였으니
그 어떤 위험도 그를 막을 수 없었다

김소영

계엄군의 총탄에
아버지를 잃은 날이
자신의 생일이 되어 버렸다

5·18기념 주기와 나이가 같아

2020년 5월 18일 40주년 기념일

아기 김소영의 나이도 마흔 살이 되었다

아버지보다 나이를 더 먹은 지금에 와서야

5·18둥이 만삭의 딸은

아버지에게 쓴 눈물의 편지를 추모사로 읽는다

29살의 아버지는 그렇게 불꽃처럼 사라져 갔다고! *

---

* 광주 5·18 민주묘지에서 열린 제37주년 민주화운동기념식에서 문
재인 대통령을 울리고 만 추모사를 거의 그대로 옮겨 적는다. 따뜻하
게 안아준 문재인 대통령의 위로와 함께.

슬픔은 슬픔 아닌 무늬입니다

검은 비닐봉지 속
방치했던 콩 한 줌

물에 담그고 돌아서는
그 순간에도

초록으로 번져 갈
기운을 떠올려 본답니다

마음속 오래 묵은 눈물이 있으나
함부로 들키지 않으려 조심합니다

생경한 들판에 나아가
사람 속으로 번져가는 빛으로 바람으로
젖은 시선을 흘려보내는

슬픔은
슬픔이 아닌 무늬이었으면 한답니다

신년의 시

새해 새 아침
붉은 해가 떠오르는
그런 시는 쓰고 싶질 않다

붉은 해 대신
그리운 사람의 얼굴
따뜻한 마음이 떠오르는 시를 쓰고 싶다

세상은 권위만이 우선이었으므로
커다란 하나만을 지향했으므로
나는 지금 허술한 찻집의 창가에 앉아 있다

입김을 불어 넣으며 잊혔던 이름들을
적어 넣고 싶었다

그런 이름들이 해처럼 떠오르면 싶어졌다

내 손가락은 그 옛날 침 바른 연필 같아서
찬란한 바다는 모른다
새날 새 아침이 아니어도 된다

다만,
아이들을 투신 시키는 비정한 다리
아이들을 빨아들이는 참혹의 바다가 아닌
사색하는 바다
거짓이 없는 바다
노래하는 바다가 내일이다

비린내와 잔뜩 어울린
노동과 휴식이 함께 북적이는
아침과 같은 시를 꿈꾸고 싶다

그리하여
육중한 쇠붙이를 끌고 온 기관차처럼

오랜 세월을 지나

이 바다에 지금 딱 멈춰선 내 친구의 거친 숨결로

미더운 날을 그리는 새해는 오리라

나는 지금

그 허술한 찻집의 창가에 앉아 있을지라도

우리는 꽃이다

우리에겐 언젠가 꽃이 필거라는
신념이 있다
믿음이 있다

그러나 친구여
언제나 어머니가 우리 곁에 있을 거라고 방심했던 것처럼
언제나 우리가 자유로울 수는 없고
거센 폭풍이 있고
뜻하지 않는 불행이 온다

그러나 친구여
뜨거운 가슴을 가진 친구여
올바른 두 눈을 가진 친구여

친구여!
오늘도 우리는 살아있고
살아 엄숙하고 엄연하게 우리는 꽃이다

꽃이 만발한 오늘이다
모두가 저 어둠 속의 꽃이어야만 한다

긴긴 겨울을 지나
작은 하나의 기운에 천지가 진동하는 것처럼
우리는 세상을 뒤덮어 줄 수 있는 꽃이다

우리가 함께 어울려야 할 이때
저편에서 시장을 뒤집을 것처럼 풍물패가 온다
흥성흥성 시끄럽고도 좋은 또 다른 친구들이 몰려온다
북 치고 장구 치면서 얼쑤!

우리들은 모여서 꽃밭이 되어 버렸다

사계

봄이니까요 가을걷이를 생각하지 말아요
그러면 꿈이 달아나요

비가 많아
마음 가득 슬픔을 가둬 논 여름엔
후텁지근 몰려 앉아 살진 가물치처럼 퍼덕거려요

별들도 계절마다 참 눈물겹지요?

빈 나뭇가지 사이로 외롭고 쓸쓸한 겨울
추위 대신 눈 내리는 풍경 속에 입김 날리며 걸어요
사랑할 게 어디 사람뿐이겠어요?

가을이니, 힘든 다음 해의 봄이니
오지도 않을 가을을 미리 생각하지는 말아요
그러면 사랑이 아주 달아나요

계절도 사람에게 참으로 눈물겹지요?

참으로 눈물겨운 게 어디 사람뿐이겠어요?

세은이 시집 가는 날

빨랫줄의 빨래는
노란빛
초록빛
붉은빛

바람결이 참 은은하네

날아갈 듯

빨랫줄의 빨래는
노란빛
초록빛
붉은빛

어머니 젖알
― 울진 콩

동해의 바람이 아침 해를 밀어 올려
어머니에게 건네주면

산삐알*의 햇살은 다글다글
콩콩콩 박히고

콩밭
고랑고랑
어머니 땀방울이 스몄는가 보다

어머니는 머릿수건 쓴
큰 달팽이

콩 이파리 파도가 들판을 덮쳐
너울너울

---

* 산비탈의 경남 방언.

햇살에 반짝이는 바다 풍이다

언덕길 따라 방울방울 매달린 젖알,
가을볕에 여문 콩의 기운이
가을을 밀어 간다

느리게
느리게
어머니는 머릿수건 쓴
큰 달팽이

묘묘촙촙의 밤

산 닭 두 마리와

어린 병아리를 산 부친은

시장 들목에서 걸려

술이 많이 늦었지만

잠든 식구들을 깨워

병아리들을 어리로 몰아넣고

마당까지 내려온

보름달을 붉게 물들이는데

하얗게 눈이 내리는

골목길

겨울 풍경

눈에 덮인 산마을
햇살은 산만하게 쏟아져

휘청, 솔가지 튀어 올라 파르르 떨더니
그 초록도 온통 눈부셨습니다

멀리 사람들이 하얗게 줄을 지어가고
슬픔이 슬픔을 정겹게 바라보고 있습니다

사람의 마을이 저물어 갑니다

집밖 고샅에 나와
들길을 배웅하는 산골 어스름

그 슬픔 눈부시도록 기억하여
또 다른 이채로움을 전해 봅니다

더듬거리며 생명 만져보기 2

세상엔,
빨강 눈이 내린다

주홍 눈이 내린다
노랑 눈이 내린다
초록 눈이 내린다
파랑 눈이 내린다
남색 눈이 내린다
보라 눈이 내린다

이 모든 살육의 눈이 내린 뒤

비로소 세상엔
하얀 눈이 내린다

필사적으로 언덕을 오르는
아비와 어미들의 저 순백의 입김들

구두

거죽을 벗기고 삶고 펴고 염색해 자르고 꿰매어 광을 낸
다음 발을 넣어보지만

이미 그것은

싸늘히 식은 죽은 발이다!

게를 바라보았다

게 한 마리는 옆으로 옆으로 걸어와 뜨거운 물 속으로 들어서지만 이윽고 붉은색으로 변하면서 그림이 된다

그 앞에 오래 서성이는 관객 하나를 탄생시킨다

한인물입 閑人勿入

풍뎅이도 모기도
파리뿐인가요
배암도 배암 닮은 지렁이도요
무섭고 징그러워요
오지 말아요
석류나무 석류꽃이 피지 않아요

빚쟁이도 도둑 씨도
달달한 거짓말도 앵무새의 혀도
오지 마세요 절대로
나도 가지 않을 거예요
쥐와 쥐벼룩이 우글거리는
그 늙고 오래된 집엔
아무리 품종이 순수한 진돗개도
잡종 개로 바뀌어 버려요

여기는 지금 고요한 아침

아이들의 볼은 연하게 붉고
사철나무 사이론 맑은 햇살

미움도 가난도 싸움도
오지 말아요
석류나무 석류가 열리지 않아요

제4부

점심시간

침상 머리에서 지켜보는
엄마는
얼굴은 책받침
목은 가늘고 긴 나무젓가락이다

살이 뼈에 닿아 있는
저 허기가
내 뼈와 살을 키웠다

잠이라도 자는 듯
그리운 날들이
굳어버린 지금

기도 속에서
기저귀가 질퍽하다
기억 속의
수몰 지구와도 같이

사위가 벙어리인데
귀머거리인데

문 두드리는 소리와
병원 밥이 들어온다

정오의 햇살이
사각의 쟁반 위로
천천히 얹힌다

가마

뜰 앞에 놓인 가마

어머니의 치매를 태워다 놓고 돌아와

백미러를 닦아놓고 기다리는

고요한 바퀴

영락 공원

부슬부슬 안개 속에 비는 스미어 운다

멸치가 볶여 나온 식당 안에

새로 온 망자의 가족이 자리를 잡는다

김치의 색깔은 평소처럼 붉고

팔목이 가려진 슬픈 소매들을 걷어 올린다

첫사랑

사이도 별로 안 좋은
삼십 리 밖의 부부가 유등 축제에 나온 것인데
여기 오니 생각난다고 남자가 중얼거린다
마누라가 자기 얘기하는 줄 알고 좋아져서
에나가?* 했지만
가자!
니는 논개도 모르나 논개도? 하곤
소주나 먹으러 가자며 앞장서는 게 아닌가
속엣말을 빼먹고 들은 순간이
지글지글 안주로 타는 남강 변 장어집의
연기 속으로
있다가 없다가 다시 나타나는
첫사랑

---

* 정말이냐, 진짜냐의 진주 방언.

오후

경애에게 점심을 먹여 보냈다

누구에게 밥을 해 먹이는 즐거움은
좋은 날씨를 만나 팔랑거리는 빨래의 기분이다

사철나무 곁에 서 본다

연두의 가지에
새 한 마리 쉬어간 흔적, 흔들흔들

그 햇살 둘러메고 빈방에 들어서니
내 표정이 밝더라고 전화가 왔다

잘 기른 수염에 한복 입은

잘 기른 수염에 한복을 입은
강 의원은 이 마을 사람

아이들은 얼른 인사를 하고 멀어져 간다
당신의 낡은 가방 속이 두려웠던 것이다

잘 기른 수염에 깨끗한 한복
무엇을 그리는지

우수수, 쏠리는 빈 들판 빈 바람에
따수운 마음이나 돌아오거든

산골이라 사람들이 돌아오거든
잘 기른 수염에 아이들이 달려붙는

참 좋은 날의 수염 할아버지이기를

참 젊은 날의 한복 선생님이시기를

춘자의 이름에서는

내 친구 진료소장 춘자는
이름에서 봄나물 향내가 난다

나물 캐러 가나?
봄 캐러 가나?

춘자의 이름에서는
아침 햇살에 오목진 골짝 물이 반짝이고
산비탈로 그 섶으로 뛰어다니며 따먹던 참꽃들 생각이 난다
섶 밭 밑으론 보랏빛 쑥부쟁이 피어났지

가계가 기울어 얼굴이 창백한 봄이라지만
이따금 아지랑이

기승을 부리지 않는 천진한 향기
내 친구 춘자를 생각하면

보리밭 사이를 같이 놀던
어릴 적 동무들과 같이

보리밭 사잇길을 따라
걷고 싶은,

수국 속 마이산

가파른 벼랑,
쌍쌍의 비둘기들은
벼랑 속 석굴에 가가호호를 이뤄 놓고
마치 부처 흉내를 내는 듯한데

언뜻 스치는 한 빛
부신 햇살 속에서 한 남자가
깊숙이 수국을 바라보며
꽃잎으로 햇살로 그 등짝은 흩어진다

나는 그 빛에서 멀어져
저수지를 지나 돌아올 뿐

등 뒤에
큰 귀 두 개가
꽃 송오리 마냥 돋아있다

수국의 노래

키 작은 여승이 그 앞을 지나는 때

온몸의 노래는 한꺼번에 터져나와

희고 흰,

여름의 눈보라로

밤바다

고기잡이배들이 집으로 돌아가고 없으니 밤바다라고 부른다

언젠가
너를

눈물바다라고 불렀던 날도 있었다

봄날에

토끼풀을 머리에 꽂고
부두 위를 뛰어노는 한가운데 있는데도
너에게 분명 나는 미친 년이다

미친 봄이다

미조에서

도다리 민어 복어회를 돌돌 말고
부두에선 숯불에 굽고
떠들고 노래하던 밤이 지나고

담백한 복어 지리로 해장을 하고 나니
지난밤 우리는 너무 떠들었다
바다 건너의 전쟁만을
바다 건너올 평화만을

한 오리 두 오리
한두 오리
물결 지어 가벼이 지나는 봄날이 왔다
우리 시대의 대부분은 이러한 평화만을 그려왔다

봄의 모순이다

삼천포에서

훅 빨아 삼키는 내장이 슬픈 바다의 맛이다
그렇게 해삼을 먹었다
바닥에 쪼그려 앉아 배를 가르고 소주를 줄줄이 마셔대며

이토록 즐거울 수만은 없을 거라 생각해 본다

그 옛날의 바닷가에서
그와 나, 그리고 파도 셋이서 저녁 무렵을
입으로 가져가 본다

쯞 나무를 빌다

치워야지 하며
미루어 두었던
뜰에 쌓인
등나무 줄기
밤을 타고 올라가
별이 되기를
별 넌출을 세상까지
늘여 줄
등쯞나무로 오르기를

불면

마이산 탑사에선가 한 사람이 오래오래 수국을 바라보던 기억만 같이

신발

까맣게 반들거리는 여럿의 신발 중에 먹을 것 없는 촌에서 태어나 각자의 도회지로 가 생의 절묘한 비계飛階를 타거나 콘크리트 공사판에서 잠시 바삐 들르러 온 것이 틀림없는, 흙물과 시멘트가 함께 굳어 엄지발가락이 일곱이나 될 것 같은 무겁고도 힘든 가을이 무진장하게 삐져나온 신발을, 큰소리로 싸움이 붙은 건넌방에서 나온 서빙 하는 여자가 눈 흘기며 쿡 밟고 가는 것을 보았다

해설 · 시인의 말

기교를 벗어난 역사의식의 강

구중서(문학평론가)

　박구경의 새 시집에 「형평사」(衡平社) 연작 아홉 편이 실려 있다. 몇 권의 시집에서 그가 보여 온 작품들에 비해 다른 문제의식을 느끼게 한다.

　그의 시들은 대체로 현실 의식과 역사의식의 뼈대를 지녔지만 상상력과 직관을 자유로이 구사하고 있었다. 뜨거워지는 물을 피해 두부 속으로 파고드는 미꾸리(「미국을 생각하며」), 미국의 9·11 테러에 대한 관점이다. 나는 돼지고기 붉은 살점에 매운 풋고추를 썰어 넣고 볶아 먹는 조선년이다(「나의 시」), 나름의 자기 시론이다. 너무 짧아져 촌철살인(「짧은 시는 어렵다」), 간명하면서도 진정성에 빛나는 시를 지향한 심경이다.

　그런 박구경이 이번에는 조선 시대의 최하층 신분이었던 백정들의 평등 공평 인권 운동을 우리에게 들이민 것이다. 새 시집의 제1부에 실린 「형평사」 연작들이 그것인데, 이 시들은 소재뿐 아니라 주제의식도 뛰어나다. 그러나 역사적

사실을 바탕으로 예술 창작품인 시를 형상화해야 하기에 많은 어려움이 있었으리라 본다. 즉, 순수 서정시의 창작과는 달랐을 것이라는 말이다. 서정시라기보다 서사시라고 봐야 할 제1부의 연작시들은 그러기에 시의 예술성보다 주제에 방점을 두고 시를 창작하지 않았나 한다.

그래서 일부 독자들이 시의 형상화의 속살을 잘 느끼지 못할 수도 있다. 이같은 작업에는 잠재하는 어떤 의미가 있는지, 이 문제 자체에 대해 별도의 모색을 해 볼만하다고 생각한다.

'형평사'는 한 마디로 소 개 돼지 등을 잡던 백정 계급의 신분 해방 단체였다. 백정들의 시원은 분명하지 않지만 그 신분이 적어도 조선 왕조시대의 노비들보다도 더 낮아 호적에도 오르지 못하고 천대받는 최하층 계급의 백성이었다. 이들의 생활 수단은 소나 돼지를 도살하는 노동이었으며, 한편으로는 냇가의 버들가지를 베어 키와 고리짝을 만들어 민간에 팔러 다니기도 했다. 거주 여건도 안정되지 못해 떠도는 집시 같은 경우들도 있었다.

이러한 역사 과정에서도 백정들의 신분을 해방해야 한다는 민중 속 각성이 싹트기 시작했다. 동학혁명 과정이었던 1894년 6월에 경상도 진주에서 관군과 동학군이 대치했을 때 동학 쪽에서 주장했다. 노비 문서를 불태우고 백정들의 표시처럼 되어 있는 패랭이 갓을 쓰지 않게 하자는 주장도

제기되었다.

민족 종교인 동학은 원래 '인내천'(人乃天) 사상 곧 "사람이 바로 하늘"이라 생각했으므로 기본 인권의 차원에서 백정의 신분 해방을 일찍이 주장한 것이다.

그 뒤 민족이 일제의 식민지 상태에 처하게 되었다. 근대 사회 진입기에 시민 의식 차원에서 백정 해방 운동의 공식적인 시작은 1923년 4월 경남 진주에서 이루어졌다. 형평사 기성회의 개최이다. 이 대목을 박구경의 시에서 본다.

"백정들의 생활을 개선시키지 않고 한 인간으로 사는 것이 위선이며 식민지 상황에서 조선인들끼리 차별하고 탄압하는 것은 결국 일본의 식민 통치를 돕는 어리석은 일이다 인간은 저울처럼 평등하다"

이 말은 진주 사람 백촌 강상호의 외침이다

임술년 진주민란이나
갑오농민전쟁의 계보를 이어받은
진주 청년 지식인들은

새롭게 열린 자본사회 속에서
생업에 열중하는 선량한 백정들을

무심코 두고 볼 수만은 없었다

형평사 운동의
큰 물줄기였던 백촌 강상호는
나라가 망할 무렵에
스무 살의 청년이었다

그는 훗날
국채보상운동을 주도한 이력이 있었고
기미년 3·1 운동에도 앞장섰으며

다양한 사회 운동의 경력으로
1년 6개월의 옥살이를 하기도 했다

진주 사람,
강상호!

가난한 마을 농부들의
세금을 대납하여 주었던
진주 천석꾼의 장자였던 사람이었다

백정의 자식을 두 명이나

양자로 들여
아이의 손을 잡고 학교에 갔더라

백정의 자식이라
취학이 허락되지 않자
그 부당함에 치를 떨게 되었더라

이 아이들을 입학시켜주시오
품 안에서 호적 서류를 꺼내 보이며
아이들이 자신의 양자들임을 밝혀야 했다

명실상부한 양반 가문의 장손이
오래된 편견과 차별 앞에
두 눈을 부릅뜨게 되었더라

백정 놈들의 단체인 형평사 사장이 되어
스스로 백정의 길로 들어선 이가 있었으니
그가 바로
진주 사람, 강상호였더라!

　　　　　　　　　　　　　—「형평사·6」부분

형평사 운동에 대체로 백정들과 백정 출신들이 참여했지

만 그 단체를 운영하는 선두에는 지식인들이 있었다.

이것은 사회적으로 진취적 민족운동의 형세였다. 형평사 운동은 중도에 타성적 주민 세력의 방해에 부딪히기도 했다.

또 6·25 전쟁 때에는 북한 인민군이 진주에까지 이르러 형평사를 포섭하려 하고 그 단체의 지도자격인 강상호와 유대하려 했다. 이어서 인민군이 북쪽으로 돌아간 후 강상호는 인민군에 부역을 했다고 닦달을 당했다.

강상호는 사회적 위상도 잃고 경제적으로 파산을 당해 심한 곤궁 속에서 세상을 떠났다. 냉전의 시대, 외세에 의한 분단의 재앙을 고루 겪고 1957년에 그가 생애를 마쳤을 때, 전국축산기업조합이 장례를 주관하고, 9일장으로 치러졌다. 전국에서 50만의 조문객이 모여 왔다.

> 진주 시내에서 장지까지 이어진
> 사람들의 행렬이
>
> 남강 오백 리 물길과도 같았더라
>
> —「형평사·6」 부분

논개가 임진란 때 왜장 게다니무라를 안고 뛰어든 그 남강 물길처럼 이어진 장례 행렬에 시 「형평사」의 역사의식이 있다.

시적 서사의 평이성 문제는 차치하고 왜 '진주'인가. 근래 시와 소설에 1인칭 주인공이 나타나는 경우들이 있다. 사람이 하고 싶은 말이 절실하면 자신의 체험을 말하고 체험은 구체적일 수 있고 구체성은 생명이 뿌리박은 땅이게 된다. 그 땅이 진주라는 고장이다.

이 고장은 스스로 민족문화의 수도라고 아치를 세우는 안동일 수도 있고, 닥나무 한지로 판각한 완판 춘향전으로 소설사의 맥락을 이은 전주일 수도 있다. 사람의 몸통은 팔다리 4지를 각기 활동케 해야 정상이듯이 고장은 각기 존재의 뿌리이다.

진주는 조선 철종조 민란의 발원지고, 은둔이 아니라 초탈이었던 남명 철학의 땅이다. 그리고 형평사의 땅이고 지금도 형평사 운동은 계속되고 있고 형평사 기념탑과 평등의 문이 세워져 있다.

「형평사」를 쓴 시인의 또 다른 시로 「열 살 막내가 보고 싶다」가 있다.

재판을 하지도 않았는데
사형장의 청소는 미리 시작되고 있었다고

가족이 면회를 요청했으나 이미 그들은
형장의 이슬로 사라진 뒤였다고

18시간 만인 새벽 4시!
헌정사 초유의 일은 마감되어 있었다

얼마나 무서웠을까
얼마나 얼마나 떨어대었을까

　　　　　　　　　　—「열 살 막내가 보고 싶다」 부분

　이 작품은 1974년 4월 반유신 민청학련 시위의 배후 세력이라고 하여 이른바 인혁당 재건파에 속한 8인의 사형에 관한 시이다.

　인혁당 재건파는 순전히 수사기관의 조작에 의한 것이고 뒷날에 모두 대법원의 무죄 판결을 받았다. 그러나 수감 중 8인은 군법회의 언도 후 18시간 뒤인 새벽 4시에 사형 집행을 당했다.

　나머지 혐의자들은 8년여 만에 석방이 되었다. 그러나 이들 모두는 무죄 판결로 마무리 되었다. 이미 형의 집행을 받아 세상을 떠난 이들에게는 무죄 판결이 더욱 통한이었을 것이다.

　이러한 일을 시로 어떻게 써야 하나. 시도 예술이니 역시 상상력과 형상화를 거쳐야 한다고 해야 하나, 한 영성 신학

자는 세상의 모든 일에 분(粉)을 발라 너무 화장을 시키지 말고 일상의 모습 그대로 두라고 했다. 결국 최후의 가치 척도로 '현실'이 남아 있다고 했다. 이것은 리얼리즘의 원리와는 또 다른 차원의 문제이다. 그리고 이러한 차원까지 고려되어야 리얼리즘의 최선에 있지 않을까 생각된다.

박구경 시인도 역사 현실의 혹독함에 대한 치열성에만 갇혀 있기는 힘들었던 모양이다. 아래의 시를 한번 보도록 하자.

새해 새 아침
붉은 해가 떠오르는
그런 시는 쓰고 싶질 않다

붉은 해 대신
그리운 사람의 얼굴
따뜻한 마음이 떠오르는 시를 쓰고 싶다

비린내와 잔뜩 어울린
노동과 휴식이 함께 북적이는
아침과 같은 시를 꿈꾸고 싶다

— 「신년의 시」 부분

시인은 따뜻한 마음으로 떠올리는 그리운 사람의 얼굴과 비린내 잔뜩한 노동과 휴식이 함께 북적이는 그런 시 쓰기를 꿈꾸고 있다. 일상에 의식하지는 않는 들숨과 날숨의 호흡이 인간의 생명을 지탱하고 있음을 우리는 가끔이라도 자각해 보아야 할 것이다.

> 빈 나뭇가지 사이로 외롭고 쓸쓸한 겨울
> 추위 대신 눈 내리는 풍경 속에 입김 날리며 걸어요
> 사랑할 게 어디 사람뿐이겠어요?
>
> 계절도 사람에게 참으로 눈물겹지요?
>
> 참으로 눈물겨운 게 어디 사람뿐이겠어요?
> ─「사계」 부분

사람은 계절 속에서 참으로 눈물겹고 말로 표현하기 어려운 일들을 많이 본다. 그리고 사람은 일정한 나이를 살고 반드시 세상을 떠난다.

그러나 계절은 봄 여름 가을 겨울로 변모하면서도 영원히 사람들의 삶을 보면서 오히려 더욱 눈물겹고 말 못할 일들을 계속 보지 않겠는가. 사람들은 이 영원한 시간에 대해서 보여서는 안 될 일들을 많이 보이니 면구스러운 일이다.

그러나 역사 속 인간의 고장이 신선한 정신을 호흡하게 하는 시의 소명은 크다. 박구경 시의 역사의식도 이 소명의 대열에서 계속 분발할 것이다.

등허리 굽은 소는
낡은 절이 되었다

어젯밤 등이 흰 소와
하늘 속으로 들어가
뭉게뭉게 구름으로 흘러 다니다가

언덕 아래
지붕 낮은 요사채에서
한잠의 꿈속을
털고 나왔다